Ce

Catalogação na Publicação (CIP)

Scalambrini, Isabelle
S281 Cê / Isabelle Scalambrini. 1.ed. - Belo Horizonte : Quixote+Do Editoras Associadas, 2020.
141 p.
ISBN 978-85-66256-69-7
1. Poesia brasileira. I. Título.
CDD: B869.1

Bibliotecária responsável: Fernanda Gomes de Souza CRB-6/2472

**Revisão**
Valter Braga
**Projeto gráfico**
Caroline Gischewski
**Ilustrações**
Isabelle Scalambrini
**Editores**
Alencar Perdigão, Cláudia Masini, Luciana Tanure
**Assistência editorial**
Sofia Rossi

Quixote+Do Editoras Associadas
www.quixote-do.com.br
Rua Fernandes Tourinho, 274
Belo Horizonte, MG, Brasil
(31) 3227.3077

# Cê

Isabelle Scalambrini

Quixote + Do
EDITORAS ASSOCIADAS

# Cê: canta

É bom
tu não seres
eu
é bom
eu ser eu
e tu ser tu

Adília Lopes

As epígrafes são cartazes gigantes, à entrada das cidades, quando se chega de autoestrada.

Adília Lopes

Não serei o poeta de um mundo caduco
Também não cantarei o mundo futuro

Drummond

**DESIDERIUM**
como quem vê no céu
que estrelas faltam
achar em cada falta
seu desejo
& assim deliberadamente
desastrá-lo

Guilherme Gontijo Flores

## Poema para Caetano

Caê,
escrevi um livro com o mesmo título
que um disco seu
é só tirar um a
e fica
cê
cê é inspiração
e cê

# I. AÛSUB

Amar

**Cê é mais bonito que o verão**
Mais docinho que manga madura fatiada
Cheirosinho feito vela de lavanda
Avassalador como quando bate
o sol forte e o olho aperta

Chamego
Xodó
Dengo

Gostinho de laranja serra d'agua
Cheiro de sumo e amor
Degustar palavras e você

## Bouleverser

Minha alma fundiu
Quiçá com a tua
O instante fluiu
Mas nem lá estava

Quase na lua te encontrei
Tão longe e tão próxima
me vi em ti

No dia seguinte
No susto me acordou
Me sacudiu tão forte
Que nesse abalo percebi
Éramos quase uma só

Nesse instante
Quase outro
Num lugar que nem sei qual
Ela faz letra e melodia
Sobre outro momento
Outro alguém que nem sei quem

Quando te escuto não me ouço
Me enxergo em ti

## Astronauta

Hoje um grande objeto pousou sobre o meu telhado. Ouvi o barulho, senti um vento forte enquanto pousava e senti, também, meu teto da sala de estar desmoronar. Não tinha estrutura para receber visitas.

Desceu do objeto voador, que agora consigo identificar, um astronauta. Ele disse que quer passar um tempo comigo, mas não me conhece. Disse que avisou para outras que agora se instalaria sob meu teto.

Gostei dele. Fala baixinho, canta baixinho, faz carinho devagarzinho. Deixei ele dormir na sala, vendo as estrelas no céu, que ele parece conhecer, pelo buraco que deixou no meu telhado. O telhado que me protegia.

Não sei se estou disposta a receber visita por muito tempo. Não só meu teto anda desmoronando. Não sei se sou boa anfitriã. Tenho medo desses navegantes. Mas esses nautas, astronautas, parecem preencher a lacuna que todo mundo tem. Aquela de permanecer com os pés no chão e viajar, de mãos dadas e pernas entrelaçadas, pelos pensamentos um do outro e se conhecer. Só não chegou na hora certa.

## Solipsismo

Senti enquanto cê nem existe

# GOIA

Tinha uma menina que se sentia da cidade grande, visitando sua cidade antiga. Era uma mistura de sensações que ela dizia ter, que transitava entre aconchego e não pertencimento. Possuía alguns amigos da mesma idade que ela por ali. Eram laços apertados que se consolidavam quando ela os visitava. Depois afrouxavam um pouco, mas se mantinham atados.

Certo dia, conheceu um rapazote desse interior, em uma de suas idas, que tinha pinta de artista. E se entregou às suas sensíveis melodias. Esse rapaz era de comuns amizades e tinha pouca experiência com romances, mas, muito doce, sabia o que fazer. Pelo que se pôde observar, tava tremendo até as bases quando foi encontrar-se com a menina da capital. Ela também não parecia estar tão segura, mas foi sem pensar mais de uma vez.

Se encontraram numa pracinha perto do centro em que dava pra ver o pôr do sol no reflexo da janela da casa da frente. O rapaz tirou um violão que levara nas costas e pediu para que a mocinha escolhesse uma música para ele exibir suas habilidades vocais. Ela escolheu uma que falava sobre pouca luz, imaginação e atenção. Assim que se deu o último acorde da música, lascaram um beijo um no outro. Isso causou aceleração espontânea no coração de ambos que vestiam roupas largas e complementavam seus estilos com colares de pedra.

Depois desse momento cheio de entusiasmo, foram trocados mais alguns afetos. Acontece que a distância entre os dois corações era grande, tal qual a paixão que nasceu nesse dia. O fogo da paixão não se apagou, mas são tantos obstáculos no meio disso tudo, que os dois semelhantes continuaram vivendo diferentemente, cada um em seu canto e cada um com sua arte.

**Goia: gente semelhante**

**Minha alma gentil que te partiste**
Se não fizeste blague de mim no mundo
Não seria insubordinada ao te esquecer

**Minha alma que te enfrenta**
É o fantasma que retornou
Que bom escrever este verso

Se não fosse de brincar com palavras
Não sensualizaria minhas percepções
Não escavaria o ego
Não criaria constelações de coisas que tocam
Talvez também não tivesse fantasmas
Somente fantasias

## 1975 e a dificuldade de olhar nos olhos

Vontade de enxergar além
Não conseguir
Perder oportunidades de ir até
O taj mahal alheio

Tudo se transformou
Mas continuou na mesma
Pela falha mais que visual

1975 e Gil e Jorge e eu e seu olhar

**bora no bar de cima**
nos embriagar de nós
gastar um tempo
degustando palavras
e silêncios
reconhecer cada movimento
da boca e da vida
descobrir que existe
ao longo
o que existe dentro, eu sei,
de mim mesma

> **Menos na cama**
> **Menos tempo no chuveiro**
> Ana Frango Elétrico

## RIRI

Quando ela ria, eu até parava de rir para ficar olhando. Quando o café ficava pronto, eu fazia questão de demorar a buscá-lo pra ter o prazer de requentá-lo. Quando eu pedia comida por delivery, fazia questão de esquecer para me assustar com a campainha. Quando ia dormir, ficava pensando no quanto eu não deveria dormir até perder o sono. Colocava o despertador pra mais cedo só pra ter a ilusão de dormir mais. Tomava banho gelado porque dizem que é bom. Tomava cerveja porque gostava. Lia pra viver. Escrevia pra não morrer.

E aí volto. Estou sentada na beirada da cama pra alcançar meu reflexo no espelho e bebendo meus 500ml de água que me faltavam pra completar os 2 litros diários, e pensando na vida. No que fiz. No que amei. Nem lembro de nomes, lembro de rostos, lembro de cheiros e sons. Não fazia questão de saber os nomes. Não os viria mais.

Ele dizia tudo o que queria através do seu violão. Eram melodias calmas e muito expressivas, que me derretiam da primeira à última nota. Às vezes nem precisava de letra, eu entedia tudo que ele queria me dizer. Tudo. Mas nunca chegamos a nos amar. Não queria que ele fosse apenas mais um nome de que não lembraria. Dele eu me lembro e espero que lembre de mim. Lembro do olhar dele quando eu dizia que não queria que nada acontecesse, porque não era assim que funcionava na minha fantasia. Lembro do tato das mãos dele nas minhas depois que soltava o violão e segurava minha mão acariciando meus dedos.

Lembro dele se ajoelhando e pedindo para que eu não fosse embora. Lembro dele.

Moro sozinha em casa grande com aroma de benjoim. Bem decorada, com plantas, com quadros e muitos livros. Todos lidos. Hoje penso que poderia ter uns discos a menos, uns livros a mais, um espaço a menos nas gavetas do guarda-roupa. Se tivesse dado chance a ele... Moro sozinha, mas com toda a minha história debaixo das minhas mangas e da minha cama de viúva.

Quando ele ria, eu até parava de rir pra ficar olhando. E poderia estar olhando até hoje se minha personalidade fosse menos forte e meus objetivos fossem concretos. Desde pequena me imaginei sozinha, e aqui estou. Relembrando do meu único arrependimento. Apesar de gostar de não ter que dividir meu lar com alguém.

**RIRI: tremer**

## Ecó

Fui

**Ecó: ser, estar, viver**

**Publicada a medida provisória:**
Tô querendo você

## APUÉ

Em três dias o mundo parou
E é como se eu pudesse andar até você
Sem ter que preocupar com o fuso
Funcionou

Virei o mundo e deu certo
De perto tão longe
Com gosto de fruta doce
Goiaba branca
Felicidade branda

Te esperarei

E esperei
Até que eu pudesse de fato
Andar até você
2 km

Em cinco meses o mundo parou
E é como se eu nunca pudesse
Andar até você
Sem preocupar em nós
Não funcionou
Virei meu mundo e não deu certo
De perto tão longe
Com gosto queimado azedo
Carvão queimado
Tá tudo acabado

**APUÉ**: longe, distante

**Um beijo na beira**
Na beira do limite

## lami

a noite vem descobrir
o manto e a luz

é a cuíca que embala
nosso amor & as ondas do mar de vigo
o mar de sophia & o mar de caymmi

noite mais que perfeita
samba & amor

sentir na pele
o gingado & você

diante das  retinas
o azul & o ronco

chadecamomila
veladelavanda

debaixo de um chuchuzeiro
os pés na maré & nós lá

**lami: noite**

# 2. KUNHÃ

Mulher

MarielleDandaraElzaAngélicaCecília
AlejandraAnaLigiaClariceKarinaTarsila
FlorbelaLyaMatildeHenriquetaIsabel
LeopoldinaMalalaJuremaConceiçãoGrada
SibériaSimoneFridaHildaPatriciaSueli
DilmaCidaEvaBeatrizLeticiaIsabelaIzabela
SilviaVirginiaJulianaBarbaraMarianaJulieta
JuliaCarolDeboraLuizaAdíliaAmandaAva
AlessandraAnelisSophiaSolangeIsadora
DudaBethaniaBethMaraMairaMaiara
MayaYaraIraciKauaniJussaraJandira
JaciIraniFatimaMargaridaAmeliaRebeca
LauraLuanaCarolinamariadejesusEllen
AdeliaTatianaFranciscaBelmiraReginaRaquel
HelenaAliceLiviaVitoriaTeresaGabriela
AlineJessicaEricaBiancaVanessaHeloisa
MilenaEsterRafaelaMelissaMelinaNorma
SelmaDeniseSabrinaDaniEloáCatarina
RaissaNataliaLaviniaFernandaThaisIsis
LucianaThassiaClarissaCamilaTeodoraPaula
MaluSuellenCyntiaSaraAnitaTarsilaYoko
TamaraMarcelaJaquelineDivinaClaraRayane

**Mas por que será sempre Lídia**
**a pegar as rosas**
**Dr. Ricardo Reis?**
Adília Lopes

Xeroca
Minha casa
Minha xereca

**Quando ela fecha os olhos**
Vê uma montanha de cabeça para baixo
Desenhada a mão

E aí quando cê pergunta o que enxerga
Enxergo nada
Tô de olhos fechados

Linhas pontilhadas de um abismo que leva
[ à vida real
Abrir os olhos e enfrentar o caos
[ do mundo

**Libere seus pelos**
Libere seus sorrisos
Libere seus cheiros
Libere seus sentidos

**Imaginei por muito tempo te visitar**
Desejei por muito tempo sentir
seu gosto de mulher

Peguei o move mentalizando sua estação
Parei antes dela para sentir frio na espinha
Chegueipareiseguisubi
Te vi
Trouxe saudade e sorvete de limão

Subindo até a nuca me surpreendi
com máquinadois
Meu deus
Que alívio
Vou até te ver depois

**Nêga**

Spend the night with me
Estica o corpo no chão gelado
Sente o tropical do litoral latino-americano
Bater no corpo do pé à cabeça
Ao som de Jorge e Gil
Gil e Jorge
Espera o sol brotar
Encontrar com ele
A paz do dia ensolarado
Embalado pela trilha sonora cruzada que é o nós

Espera esquentar

**O café dela esfriou.**

E tá queimando.

## a esperança daquele que carrega olhos de Taj Mahal

Anelis Assumpção

### Escalafobética

Besteira minha de achar que mudam de cor
Ela:
Amarelinha

A maior delas as frustações azuis
As palavras ditas
A menor delas o verde
E antes de tudo:
Certa

**falo**
daqui de dentro
do útero

oi, margem do mundo
vamos a um mergulho interior

depois andaremos sobre a ponte
ligando o coração à América do Sul

sou latino-americana
vermelha como brasa

me abrasam as infinitas folhas
verdes

me enlaça o girassol
amarelo

me acolhe o mar
azul

aos instantes que viverei
junta ao mar
que durem
até que renasça
outra nacionalista mística

## têtе-à-tête

eu acendia
ele acedia
ela ascendia

## Que arde

Uns dias desses minha tia-avó tava a me contar das suas histórias de vida, dois dias depois da última, morreu. Viveu ela e seus onze irmãos até que ela foi estudar fora. Todos se casaram e tiveram filhos. Menos ela. Sua meta de vida era ajudar a vida dos que amava. Formou uns cinco sobrinhos, ajudou uns três a comprar carro, pagou o silicone de uma, ensinou outro a ler e por aí vai a lista infinita de boas ações de Dona Jussara.

Do interior de São Paulo, mantinha sua vida com o que sobrou da fazenda de café de seus pais, que foi pro nome dela por ser a única que não tinha se casado, do seu salário de aposentadoria como enfermeira do hospital da cidade e com os aluguéis de seus apartamentos adquiridos no início dos seus trinta, quando a cidade começou a crescer verticalmente. Nunca se casou, nunca namorou e morreu virgem, de acordo com terceiros. Dona Jussara não era virgem, mas há quem acredite. Diziam que ela era encarnação de Maria e que qualquer dia apareceria grávida da concretização humana de algum deus. Cada dia inventam um diferente.

Tia Jussara tinha seus amantes, pelo que me contou. Acho que ela tava caducando quando se abriu pra mim. Vai saber... Me contou de uns cinco diferentes que sofreram amargamente por ela. Ela tinha uma técnica. Encontrava com eles cada vez em um lugar diferente e afastado da cidade, perto da fazenda dos seus pais. Escolhia um horário logo quando o dia resolvia virar noite, fazia o que tinha que fazer e ia embora sem deixar um rastro sequer pro moço da noite. Às vezes reaparecia para alguns deles, mas não demonstrava interesse e, pelo jeito que me contou, parecia mesmo que ela não dava bola pros coitados.

Todo dia após suas noites de sacanagem, me contou ela, fazia uma boa ação. Tinha vez que doava uma grana pra alguma escola que tava sendo construída, tinha vez que levava um banquete pro asilo. Era mesmo uma santa. Foram muitas suas caridades.

Eu gostava de visitá-la por causa de seus gatos. Tinha uns sete, tal qual o estereótipo da mulher de família que ficou pra tia. Mas aí ela decidiu me contar umas histórias. Acho que ela tava sentindo que ia expirar e que sua vida fora tão interessante, que alguém deveria ficar sabendo dos seus casos antes que a desgraça acontecesse. Vai que vira livro. E eu, toda interessada na sua vida, escutei, gravei.

Outro caso que fiquei impressionada é que ela conheceu um músico famoso quando foi fazer um curso de pintura em Londres. Teve um caso com ele, sumiu, como fazia com os outros. Depois que me contou isso, com a voz mais debochada que já saiu dela ao interagir comigo, contou que o disco do fulano de tal – que escutamos enquanto a moça que trabalhava com ela ainda não nos dava sinal de que o bolo que fez pra comermos às 16h das quartas não estava pronto – era sobre ela. E o fulano é famoso (só não conto quem por pacto de sigilo). As tias piram. O álbum retrata a amante do bom moço, uma brasileira formosa e misteriosa. Dona Jussara soube viver. Morreu realizada.

A família grande que temos não foi capaz de encher nem metade do funeral da coitada. Eu já busquei os discos de vinil que ela deixou pra mim de herança, e o resto tá intocado. Aliás, quem vai se interessar pelas coisas empoeiradas da coroa?

Tô aqui colocando as ideias em ordem porque vou pedir pra canonizar Tia Jusssara. Se não for possível, pelo menos pedir pra alguém escrever um livro bonito que só vai existir na minha estante. Uma vida interessante. Deve ter tantas tias Jussaras por aí, e ficam glorificando uns homens por terem escrito uns poeminhas mela-cueca.

**Jussara: ardor**

## Nhanduti

Voltei a ver Jorge dos Santos quinze anos depois. Naquela época, comemorava suas bodas de cristal com Elena. A morena de hálito fresco que namorei durante a faculdade. Elena era alta, deixava seu cheiro adocicado por onde passava, para que horas depois quem estivesse no mesmo ambiente que ela respirasse seu perfume. Formamos juntas na faculdade de História. E anos depois, continua sendo a mesma Elena que arranca meus suspiros mais profundos e as respirações mais duradouras para sentir com firmeza a sua presença. Agora, professora universitária, com vários alunos nos seus pés e casada com meu amigo Jorge. Ele, escritor filho da puta que ainda arranca suspiros de jovens adolescentes inocentes, que leem seus poemas, e das coroas da nossa idade.

Além de casado com o meu mais antigo recente amor, Jorge é um escritor bem-sucedido, daqueles que lotam livrarias com seus lançamentos e que dão muitas palestras. Bonitão, boa pinta, politizado, formado em Letras na mesma faculdade que eu. Andávamos sempre juntos – eu, Lena e Jorge.

Bom, agora que voltei a vê-lo, e com certa frequência – até que me cansei –, as coisas mudaram. Desde que comecei a dar aula no colégio em que estou atualmente, às sextas costumo beber umas cervejas no boteco mais perto de lá. Desde que me divorciei é assim. Não adianta. Se não com Lena, não sei como ser feliz em um relacionamento amoroso. Não funcionou.

Eu, frustrada com a vida, divorciada, dando aulas para alunos que não se interessam nos assuntos que abordo e que me decepcionam quando o assunto é política – apoiando candidato fascista – e sendo chamada de comunista. Mas essa história tá comum nas escolas, os pais conservadores surtaram. Vai entender...

A história do nosso trio começou de verdade quando nos filiamos a um partido que nos representava no final dos anos 80. Éramos militantes ativos, frequentadores de saraus – que somente Jorge sabia desfrutar e que Lena sorria abertamente quando ele recitava uns poemas parnasianos – que pra mim não fazem sentido. Eu e ela namoramos por dois longos anos – como descrito por ela. No final do segundo, ela me disse ter amor por mim e me queria sempre por perto, mas que estava apaixonada mesmo por Jorge. Um homem. Tive a sorte de que era o nosso último período na faculdade e que eu podia me afastar tranquilamente deles.

Em certa sexta de uns três meses atrás, encontrei o famigerado Jorge no boteco perto da escola. Fiquei surpresa, sem saber o que fazer, porque a última vez que o vi foi no seu casamento, que fui convidada calorosamente para ser madrinha. Queria ter tido a coragem de recusar o convite, porque aquele dia com certeza foi um dos dias mais difíceis – e que tenho o desprazer de relembrar. Sentamos juntos e tomamos quase uma caixa de cerveja, porque quando o assunto começou, fluiu, como se ambos tivéssemos algum interesse naquela conversa. Gastamos nosso tempo falando sobre o novo livro do Jorge que está sendo editado, sobre minhas aulas, sobre o novo do Chico – concordamos que "Caravanas" é um puta disco –, sobre a política brasileira atual, sobre o feminismo, que quando o assunto começou, meu companheiro de papo logo torceu o nariz. Por fim, resolvi ir pra casa para pedir uma pizza, que estava por vinte e cinco golpinhos no aplicativo de delivery. E Jorge estava um saco.

Depois dessa sexta o vi mais umas duas vezes no boteco, acho que ele não tá bem na vida, mas nem toquei na ferida, não queria causar transtornos ao falar e desabrochar sobre Lena. Não tínhamos mais muitos assuntos, e, por desconforto, troquei de boteco. Nas sextas passei a frequentar o bar perto do Mercado Central. Eu estava frustrada. Junto com a minha leve decisão de trocar de bar, fui processada por um dos pais dos meus alunos por motivo de doutrinação marxista. O processo ainda tá rolando, e recebo direto uns comentários nas minhas postagens no facebook. A ideia de adicionar alunos causa, muitas vezes, muita dor de cabeça. Acontece que minha bolha social me acolhe como sou, e chego a esquecer que nem todos são sensatos como eu. Nessas idas e vindas nas redes sociais, me despertei ao ver uma notificação de mensagem enviada por Lena. Nem a tinha como amiga e nem adicionei, para não causar tumulto. Na mensagem, ela gritava: "PRECISO CONVERSAR SOBRE O JORGE". Respondi logo em seguida, e marcamos um café no Palácio das Artes. Nesse dia ela me contou que estava pra pedir divórcio. De acordo com ela, Jorge estava sofrendo de contradições. Lena chegou a se abrir bastante comigo, e me senti bem por saber que dela partia um ar de confiança extrema, como se eu fosse a única pessoa com quem ela quisesse conversar. Relembramos de como ela se apaixonou pelos versos de Jorge, pelo seu gosto musical, pelo seu cabelo, pela sua militância. Ela falava tão bonito, que por um momento me senti apaixonada por Jorge e com vontade de escrever uns poemas dedicados a ele. Eles tinham uma coisa antimonogamia no início do namoro, mas isso eu realmente nunca entendi e não me envolvi, para não dar merda.

No intervalo dos encontros nós trocávamos mensagens. Ela me mandava todos os links que levavam ao rosto de seu futuro ex-marido sendo difamado. Agora entendi o seu problema com as contradições. Sempre reconhecido por sua militância, seus poemas políticos, homem sensato e honrado, Jorge tinha acabado de afundar sua carreira. Agora entendi também aquele papo desdenhado sobre a onda feminista. Jorge estava se sentindo ameaçado. Mesmo sensato, como parecia ser, ele não gostava da competição com as grandes escritoras recentes no mercado editorial. Ele não queria competir com mulher. Então seu último lançamento, que foi há menos de um mês, repercutiu muito negativamente porque, em conteúdo, tratava de zombar, nas entrelinhas, de grandes nomes femininos, que fez questão de ressaltar que são poucos. Não sei se ele entendeu o conceito, mas a questão é exaltá-las.

Pronto, com esse livro, Jorge ajudou Lena a estabelecer de vez a distância que ela havia calculado pelos últimos tempos. O divórcio consolidado, sua carreira já dentro do buraco. Talvez agora eu tenha chance com Lena, que, mesmo empoderadíssima, gosta de manter um amor por perto, e já me candidatei. Nosso reencontro foi certeiro. É como se estivéssemos continuando de onde Jorge interferiu. Enquanto eu voltava a investir nela, que a cada sexta me marcava com seu cheiro doce, Jorge estava sendo escrachado nas mídias.

Ele, que um pouco maquiavélico, diante de suas contradições, expirou há duas noites. Dizem os fofoqueiros que partiu de confuso. Eu já acho que foi de paixão por perder a Elena. E eu aqui comemorando a partida do meu amigo, enquanto Lena marca minha cama com seu cheiro. Tô até escrevendo poesias.

**Nhanduti: teia de aranha**

# 3. TETÃ

Cidade

**Ê, beagá**

Entrelaçando o carnaval
Na alma de quem pena
Jorrando água na pele de quem agoniza
Resiste, beagá
Carnavaliza
Hostiliza

## Atravessado

Viver é inevitável
Daí me envio ao centro
Da metrópole que vivo
Fico desconfortável

São tantas vidas
Como saberei
A vida além
Se não conheço aquém?

Enquanto um paga a passagem
Outro pula a catraca
Outro perde a viagem
Outro nem vive

Enquanto um canta
Outro dança
Passo pra cá e pra lá
Atravessando a avenida
A rua
A vida

**Casas**
Paredes
Escritos
Descobertas
Várias vidas
Porque nas casas que morei
Vivi

## AKANGATU

Brilho da lua
Reflete
Na estrada comprida
De dobras antigas
Costumes antigos
Valores contidos
Em cada parte
Refletida pelo brilho da lua

Da curva a vejo
Vejo nela o peso
De criação e criatividade
Representa e imita
A história daquela cidade

A cada beco
Um baque
Um amor
Um verso
Um refrão
Com pureza do interior
(do coração)

Na calçada
Na porta do beco
Vivo a história
Do meu país

eu tu nós vós eles
Vivemos e registramos
Solitários como paradoxos
A vida

**AKANGATU:** memória

**Foi no meio de uma rua de Minas**
O sol queimando na nuca suada
Percebi a tendência às desordens findas

Incerteza, inquietude, tudo e nada
O tempo sem deixar de existir-se
Pra buscar-se na busca caçada

De caçador de si e buscar-se
Organizar-se em si pela desordem
Pelo acaso, sinto o aqui é agora

Evaporar-se do real possível
Abaixar-se para pegar duas
Flores que tiveram cor um dia

O céu vestiu-se de chuva
Evocou deuses e criaturas
Que desejei conhecer de perto

Diante de mim: lama
Caos e tudo tendendo a nada
Diante de mim: morte encomendada

Corpos femininos empilhados
Corpos dissolvidos empilhados
Corpos líricos e empíricos empilhados

Corpos que queriam ser corpos-
Livres estão presos em crimes
Estacionados e enterrados

No mesmo chão esgotado – intoxicado
Diante de mim a morte da vida
Dividida em parcelas seculares

Diante de mim a verdade verdadeira
O delírio coletivo do otimismo
O delírio coletivo da destruição

Diante de mim a máquina
A projeção da máquina
A máquina por si não aparece

Recebi amostra grátis da nação
Cósmica e como seria a nação
Mas sem teses e antíteses

Nem sínteses
Nem nada
Porque tudo volverá a nada

Porque os urubus já estão
A postos e esperando sinal de largada
Se eles restarem

Foi no final da rua de Minas
Que olhei para baixo
E como se palmilhasse

Nas ruas pedregosas e esburacadas
Que a história construiu e destruiu
Olhasse para trás

Visse apenas o que se vê
Um urubu no poste
Uma reza na igreja

Uma compra no mercado
Um assassinato
Um estupro

Uma fuga
Uma nova jornada
Uma fecundação

Um abandono
Uma sacanagem
Um mundo

Caduco, esgotado e largado
Que se pudesse
Dinamitava inteiro

Começaria do zero
Sem ninguém
Muito menos eu

Assim como deveria ter feito Orfeu
Não olhei mais para trás
Passarei apenas a descer morros

A tentar chegar ao início de tudo
No centro de tudo
E tentar apertar o botão de editar

Tornar o bico do beija-flor
O bico do mamilo
O bico da boca: livres

Na porta do beco estamos
Procissão deserta, deserta
Nas portas da arquidiocese desse meu país
Diamantina é o Beco do Mota
Minas é o Beco do Mota
Brasil é o Beco do Mota

Milton Nascimento e Fernando Brant

## ABEQUAR

No país do beijo molhado me destes um aperto de mão suado. Trançou o cabelo e teceu palavras fortes com estranha delicadeza. Estava a me contar que iria embora pra longe. Nem entendi. Achei que fosse apenas um passeio. Pedi que ficasse mais um mês.

O dia era azul melancólico com sol de estourar e sorriso amarelo. Você dirige sua vida de novo para outra dimensão que não inclui a que pertenceu por dois anos. Diamantina vai ficar no seu passado.

Passei dias tentando entender o motivo de ir embora pra nunca mais voltar. A cidade sente tanto sua falta quanto eu. Sua vida sem sábados de mercado será vazia. Quer virar pescador onde?

No Brasil nem se tem mais o que pescar. A gente vive pra aproveitar a beleza natural que tem prazo de validade e consome arte bonita e plural pra passar o tempo. Às vezes vem um peixe grande, come a isca, arrebenta o anzol e leva embora sua vara de pescar. Ou espera que alguém te traga outra ou vai suar pra não conseguir outra. Lindo lago do desamor.

A gente descia o morro com muito entusiasmo para aproveitar a noite de sexta na calçada e tomar pinga com mel observando as personalidades da cidade. Parece que sabemos da vida de todos só de observá-los toda sexta no mesmo bar com as mesmas pessoas. Cada um tem uma intensidade que achamos que sentimos. Foi lá pescar e nunca mais voltou.

**ABEQUAR: homem que voa**

## Cura

no meio do caos
no meio do centro do centro
catarse visuemocional

certeza em cores cinzentas
clareza ao ler a cidade
cessar a maldade

curar com arte
o contínuo trajeto
pendular rotineiro

conhecer ali
entre murais e consolo
o que BH tem a dizer

*quero respirar*

## Avenida nossa senhora do caos

Ofegante na ida
Sufocante na volta

## idiossincrática

ressoar com afinidade
não de forma metafísica
para agir no mundo
por meio da necessidade

explorar a cidade
tudo o que tem nela
entre o céu e a terra

viver o cotidiano
a ida e a volta
a pausa e o fim
a estrela cadente
o dente de leite

dobrar esquinas
dobrar papéis
seguir toda vida
perder o horário
chegar com antecedência
passar debaixo da ponte
(da escada não)

encontrar conhecidos
conhecer desconhecidos
descer o morro
(todo santo ajuda)

conhecer as cidades
povoamento de diversas personalidades

# 4. ABAPORU

Homem que come gente

## Deem nome aos porcos

Um pé na frente do outro
Tropeçando nas falhas do concreto
Até a ágora do século vinteum

Em contagem regressiva
Continua a discussão em vão
Sobre o que se tem convicção
Com esperança repressiva

Um pé atrás do outro
Pisoteando pelo eixo contrário
Pensando nas pluralidades
O sinal fechou de novo

Quanto esperaremos inquietos
O ciclo se completar de novo?

Deem as mãos
Deem nome aos porcos

**Quando será que os senhores vão deixar**
de colocar as luvas nos seus copos?
As senhoras já pararam há tempos
As crianças já crescem
aprendendo a não colocar
E os senhores insistem
Ai, ai
Em pleno século vinteum

**que triste destino viver numa época torta**
sentada incomodada com as pernas
abertas
de um homem

incomodada com a boca
aberta de outro
homem
com o punho cerrado de outro

com o nariz que outro vive a contemplar
o indicador e o polegar de outro
me dá nos nervos

deixarei minhas metafísicas
angústias e sufocos
para lá

**Bolso cheio de ódio**
Bolso cheio de grana
Bolso impregnado
Bolso furado
Bolso cheio de bala
Bolso cheio de corrente
Bolso que não pensa e machuca gente
Bolso que atrasa a gente
Bolso que queria que tivesse vazio

## Virada de ano

Em um dia
As palavras *direitos e humanos*
Deixaram de fazer sentido

Já a palavra *economia*
Ganhou significado de entusiasmo
Internacional

Soberania nacional?
24
17

O povo tá em risco
Enquanto isso
Risco uns papéis pra registrar

## 15 de maio de 2019

Dia em que fomos para a rua pela educação

A cidade engendra
A cidade enfrenta
A cidade inventa
Na cidade venta
Na cidade lenta
A cidade alenta
A cidade, minha gente
A cidade
Engendra

## Brilho do invisível

É o exato momento
Em que gostaria de
Ser invisível

A fronteira que existo
Tá sangrando e escorrendo
Tá envenenando e transcorrendo
Na transição da liberdade a...

As veias estão abertas
O pulso, pulsando
A voz, se calando
O ser, definhando
O saber, evaporando
A resistência, quase desistência
O sabor de mulher que adquiri
Tá amargando

O sorriso largo
Tá cerrado
Os olhos que miram pra cima
Tão mirando pra baixo
A coluna ereta
Tá torta
Os pés no chão
Tão inquietos
A voz firme
Tá trêmula
O punho forte
Tá no bolso

O brilho adquirido tá invisível
Mas aos olhos de quem não quer enxergar

**Como se faminta**
Nunca sonhasse um banquete
Em que servissem
E que pudéssemos
Todos amarmos uns aos outros
Todos dividirem a dor dos outros

Como se saciada sentisse paz
Mas teria certeza que alguém
Em algum lugar
Ficou sem.

**depois de toda aquela confusão**
depois de tanta confissão
de aberturas dadas,
brechas
de aberturas feitas,
desabafos

abafou o caso
interferência feita
construção de contrato
que era mais que um abaixo-assinado

era muita assinatura de idiota
daqueles que fizeram confusão
contratados para fazer
carnaval fora de época
e minha confissão ignorada

usei minha caligrafia torta
assinei no lugar que me foi designado
contratada para ser réu imbecil
em teatro que a ninguém interessa
Maria de Jesus da Silva Pereira e Souza

Orientação fora
Do espaço e tempo
Irracionais
Ou racionais demais

## Visão de mundo

quando se representa
se coloca
permanece
sem estar
acontece

se faz presente
se difere
e assemelha

**Ouvimos tratados**
Tentamos avisar

Aplaudem

Os destratados deixam de ser
Por estarem tentando uma segunda chance

Seguindo caminhos tortos
Que não levam a lugar algum

Queriam mesmo estar no lugar
Que chamam de maloca

## Brasil é vermelho como brasa

Caci é dor.
Tão querendo colonizar o Brasil de novo.

## 5. UIQUÊ

Entrar

## ANDUBA (verbo)

Perceber, sentir

**por que o ente e o ser**
a aprender
e ser
e aprender a ser
ter um traço no ser
a pensar
e pertencer
têm som escuro
de violino desafinado?

## Vykazovanie

A poesia

**A vida é isso**
Tudo isso
É semente
É coração
É fatia de bolo
É suco de laranja
De melancia
Uma maravilha
É uma maravilha

Quem sabe
Alguém vem e muda
O curso da nossa memória
E da nossa história
Quem sabe uma muda
De limoeiro

O que distingue você
De você
É você
Quem sabe
Venham nos restituir
A alma
O coração pedindo:
Bata
marca o momento

A vida é isso
Tudo isso

## ARA

Mesmo não estando no mês
Me sentia em agosto
Agosto cinza
Do azul
Do amarelo
Do verde

Mesmo não estando aí
Me sentia em casa
Em casa laranja
Lima
E gelo

E já dizia
O melhor lugar do mundo
É aqui
E agora

E tudo permanecerá do jeito
Que tem sido
O tempo
Vai nos reger

**ARA: dia, luz, tempo, clima, nuvem, hora, nascer**

## AMOSOBAINDABA

veja o rio passar
levar tranquilidade
escorrer do sol
os peixes
descrever o céu
os dias

veja as águas
nos meandros
nos Andros
se veja ilhado

entre o sossego
e a entropia
fique no meio
da ignorância
ou da metafísica

da alegria
e da realização
da desgraça total
do resquício final

no juízo final
sem nenhum gesto
estético
apenas um ato
sensato
repousar

**AMOSOBAINDABA:** o outro lado do rio,
a outra margem

**Com esforço**
Com sufoco
Fui-me além
Ou aquém

Já não me recordo
Onde estive
E encerro
Com saudade

Permaneci vagamente
Perambulando
Pelos seus pensamentos
Seria um elo?
Ego?
Eco?

**olá, viajantes, estou**
viajando também e
antes que me perguntem
por que já digo que não tenho
respostas e procuro
por uma ou
por meia até
o dobro de uma

o milton nascimento me ajuda e
sophia de mello também, mas a
virada do ano mais ainda e
os últimos ocorridos também

tudo também porque está
na medida que nunca imaginei
mas sonhei e, de repente,
vivo

o avião daí de cima não permite
o diálogo que desenhei no céu
que os vejo e
finjo que sinto
durante a chuva de verão

mas, então, viajantes
viajem por mim também
estou estática no que sou
agora e quero ser também

**Bebi um copo d'água**
Cabeça latejando de dor
Abri a janela
Vi um rio
Lembrei do mar
Pensei em amar
Percebi que moro no planeta mágoa
E que tava de ressaca

**Puta que pariu**
A chuva não caiu

O girassol passou a se virar à lua
Cê já nem sabia qual era a tua

Tava tudo seco
Tudo sem nexo
Tudo sem sexo

Traz água aí
Senhor pipa-caminhão
Vem cá molhar este chão

As que vêm a nascer gostam de sol e água
Cê já gosta da lua e seco
Igual a ti
Vazio e sereno

**Na areia branca que imaginei**
Enxergar ao longe
Enxerguei o brilho dos olhos de alguém
Que também criado
Aos poucos se apagou
Porque criada a descrença
Tirou-se proteção

**Quando a conversa fica cheia de "é............"**

E de "aaaaaan...."

É que tá todo mundo muito bem

**Vixe**
que trem mal colocado
Assenta ali
Ou aqui
E espera encaixar

**Deitar na varanda com o solzinho de inverno**
Cheiro de maçã e canela
Vindo da cozinha
Carinho e afeto
Céu quase azul
Chão quase quente
Coração fervendo

**Frescor da parede da boca**
Quando se traga o cigarro
mais barato do posto
Toma um gole generoso de café por cima

Isso não é acaso
É acontecimento
Às vezes o mais importante do dia

**Um dia vai achar um vinho**
Tinto ou branco
Que combine com as suas tardes
Ouvindo música feminina

Ainda não achei um
Que combine com as minhas
Mas a playlist com as músicas
Que vou ouvir quando achar
Tá pronta

Praça às 17
Vem pôr do sol
Caixinha de som
A playlist tá perfeita
Na ordem certa
Só eu que não me achei

E olhando em volta
Parece até que todo mundo tá em si
Mas duvido
Muito difícil se conhecer
E achar um vinho que combine com você
E suas tardes

# 6. CAROBA

De folha amarga

**fui tão**
no sertão
no grande

**ela foi**
mas foi tanto
e acabou
que IU

**Los árboles de los pueblos suelen durar más que los seres humanos, y siempre he tenido la impresión de que también ellos nos recuerdan, tal vez mejor que como, nosotros los recordamos a ellos.**

Gabo

## Maíra

Meu avô escreveu uns versos quando nasci
Parece que ele já sacava tudo
"mamãe,
Em Alès deixo de lembrança
Na cidade em que nasci.
Volto, deixo a esperança
Do lugar onde vivi."

"Aos meus pais Celso e Sibéria
Mesmo antes de nascer
Eu já brincava de esconder
Sou mineira, vim de longe
É difícil entender"

Meus avós Gerson e Landinha, 10-3-99

**O mesmo copo que cê toma chá**

Cê toma café
Cê toma cerveja
Cê toma água
Cê toma suco
Cê toma leite
Cê toma vinho
Cê toma tudo
No mesmo copo

**Quando eu morrer voltarei para buscar**
**os instantes que não vivi junto do mar.**
Sophia de Mello Breyner Andresen

## Aninga

Não sou dessas pessoas tão céticas, mas também não das mais fiéis. Tem dia que acordo e acendo um incenso de alfazema, e é isto. Parece que o dia muda completamente, porque purificou minha alma. Alma de poeta, alguns dizem. O dia fica até mais transparente, sereno e azul. Como se tivesse mergulhado no mar por dois segundos e limpado a alma de fora, que é o corpo. Ou passando o ano novo fazendo alguma das milhares de simpatias.

Um dia desses fui no mercado e entrei nessas lojinhas de especiarias. Comprei canela em pau e cravo. Fiz a feira no dia seguinte, e um exu me contou que, pra melhorar minha autoestima, eu deveria ferver canela, maçã e cravo. E fiz. A casa impregnada. E eu, sereia, buscando você no fundo do mar.

Descreva, ele diz,
Escreva o que aconteceu
Com a gente.
Marilia Garcia

## Descrição

queria escrever sobre a lentidão do tráfego
descreva
como
se tá tudo parado
estático
meu coração a mil por hora

queria descrever o tráfego
os carros as motos os caminhões
os ônibus parados
as pessoas dentro deles também
eu, inquieta olhando de um lado pro outro
tentando entender por que dentro
de mim tá tudo mexendo

se
tá
tudo
parado
ao
redor

queria descrever o movimento
tá indo
tô sentindo
deslocamento estático

tudo que seguiu
nasceu de nós
respeite tudo que vivemos

nasceu ali
não deixe se acabar
tudo que continuou
continua ainda
deixe ficar

## Toda uma vida embaça o seu olhar

Os Mutantes

Nada me faz sentir o que sinto como
isso. É tão. Fundi cores azuis que talvez
sejam deus e louvei amarelos, formando
bailes verdes. Quem sabe outra vez
se foi sem avisar. Tropicardiosa.

Entre eles azul e vivo. Mede a extensão
de asa de um maior que a do outro.
Outro dia 36. Ela se foi com 36.

Tudo começa outra vez. Ela se foi sem eu
ver. Não pense mais. Esqueça tudo. Seja cor.

Percebi que para dentro de nós há um longo caminho
e muita distancia.
Não somos nada feitos do mais imediato
que se vê à superfície.
Somos feitos daquilo que chega à alma
e a alma tem um tamanho muito diferente do corpo.
Valter Hugo Mãe

## Recomeçar

### I.

Alheada dos casos que não conta
Me torna culpada
Aliada nunca foi

Esbaforida entra na sala
Jura desprezo
Isso aconteceu há 20 anos

Grande gesto nobre
O desprezo
Deveras aprazível vida que tive

Até então
Alheada da vida
Aliada de mim

## II.

O carro morreu 3 vezes
Eu morri 2
Eles morreram algumas

## III.

Tentam separar-nos em
Sangue, cólera, fleuma, atrabile
Atrabile entorna e escorrega

Ruído, escombro, resto
Rastro
Pasto reiniciado

Separei sementes
Fiz germinar antes em mim
Plantar enfim no pasto zerado

## IV.

Se for fértil, vai render
Engendrar
Esbarrar no que vai além

Podem colher meus frutos
Autoengendrei
Garanto que serão melhores

Não garanto que sejam doces
Nem amargos
Nem apodrecidos
Nem amadurecidos
Garanto que semeia e
Fertiliza

# 7. PABA

Terminar, concluir, morrer, o fim

**O coração tem vários sons**
Alguns deles são naturais
Como o da dor da perda
Como o da felicidade de um encontro
Como o da dor da separação
O da realização
O do amor sincero
Da correria
Do cansaço
Da tristeza
Da alegria

Não tem som da morte
Aí o coração fica calado
Por não ter o que dizer mesmo
Por não ter sensação.

E por ter lembranças,
Apenas deixa o disco da vida tocando
No fone de ouvido e no volume mínimo
Para não incomodar ninguém
A ausência já incomoda um tanto...

**Não houve ilusão de permanência**, a destruição foi total. Por favor, me mande uma carta e diga que está melhor.

O sentimento foi se desfazendo, e um verde vibrante tomou conta do que antes era azul e amarelo. Tudo se misturou para compor um novo ser com um novo ambiente de serenidade. Mas não sou daqui. Cadê o meu sol dourado?

[ 1ª edição – junho, 2020 ]

Este livro foi composto em Celeste e
impresso sobre papel Pólen Bold 90g/m²
para a Quixote+Do Editoras Associadas.

MISTO
Papel proveniente de
fontes responsáveis
FSC® C092828

PRINTED WITH SOY INK